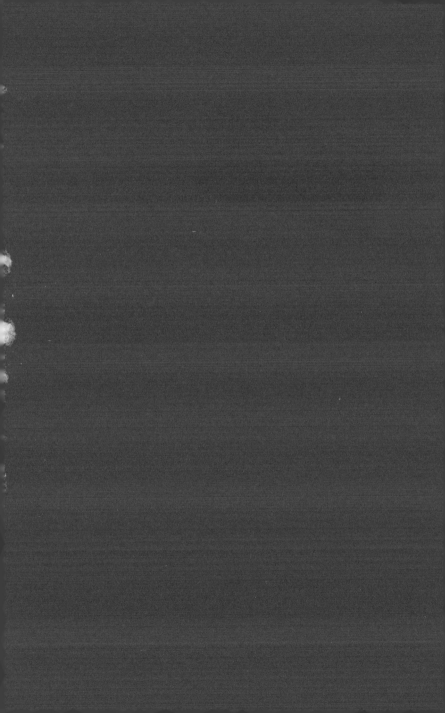

すくらっぷ&びるど
SCRAP & BUILD

菊永エイジ & ばっかす
KIKUNAGA Age & BACCHUS

文芸社

すくらっぷ＆びるど

◆

目次

すくらっぷ ＆ びるど

俺の今までの作品を
どれだけの人が読んでくれたのかなんて
俺にも全然わからない
だから敢えて言う
キラキラとか、浪漫とか
ラブリーとか、青春とか、爽やかとか
多用してきた数々のフレーズたち
他にも色々あるけれど
結局、これまで俺が
頑なに大切にしてきた
言の葉の集合体は
きっと、誰のココロにも響いてなかった
薄々だけどホントはね
わかってたんだよ、この俺も
四半世紀以上も前からさ

何度も何度も身を削り
生み出してきた、日の目を見ない書籍たち
いつかは誰かが、いつかは何かが間違って
いつかは何かが起こるんじゃないかなんて
願ってたけど、そんないつかは
いつまで待っても来なかった
だから、俺はこれまでの凝り固まった
俺自身をダイナマイトで粉々にして
もう一度、組み立て直してやろうじゃねぇか
「あぁ、これが青春なのだ」
もう、こんなのもういらねぇよ
やるぜ!
SCRAP & BUILD
俺のココロのベクトルが
向かう先に望むモノ
それは人生初の増刷さ
俺は生まれ変わるのだ
Here we go!

ギターは泣いている

俺はその中古ギターに魅せられて衝動買いをした
前から少しギターに興味があったが、そこまで欲しかったわけでもない
なのに、自分でもよくわからないうちにその
裏面に少し傷のある格安のマーチンのギターを買った
たいして知識もないくせに、家に帰って適当にギターを弄る
とても音楽といえるシロモノではない雑音を奏でて
なんとなくミュージシャンの気分に浸ろうとしたが
流石に下手くそすぎてそんな気分にもなれない
コードもわからないのになんで買ってしまったのだろう
買ったからには、それなりに弾けるようにはなりたいと
週一でギター教室に通ったが、元々が飽き性の俺は三回で通うのをやめた
意図せず買ったそのギターは、部屋の片隅に飾られオブジェと化した

三年ぶりに彼女が出来た俺は、張り切って部屋の掃除をしていた
今日は初めて彼女がウチにやってくる日だ

掃除の最中、ふとギターに目が行き、片付けるか飾っておくか悩んだが
飾っておいた方が恰好良さそうなので、そのままにしておくことにした
約束の時間になり、彼女はカレーの材料を買ってやってきた
やや定番ではあるが、一人暮らしの俺に手作りカレーを作ってくれるそうだ
家に彼女がやってくるこのシチュエーション、ドキドキ、ムラムラ
その後の展開は、何が起こるか可能性は無限大ってもんでしょうよ
「お邪魔しま〜す♪」と彼女がウチにあがる、俺は平静を装い彼女を迎えいれた
１ＤＫの狭い部屋、すぐに彼女はギターに気付く
「アレッ……このギターってマーチンだよね、ちょっと見せてもらっていい？」
まともに弾けない俺は内心焦りながら「う、うん全然いいよ」
少し埃をかぶったギターを手に取った彼女はクルクルと回しながら
ギターの全体を確認すると、懐かしそうに楽曲を奏でた
「このギター、亡くなったお兄ちゃんのなんだよね、ずっと探してたの」
彼女はギターを抱いて涙目で嬉しそうに言った
こういうのを縁っていうんだろうなぁ、とギターの弾けない俺は思った
そして、俺は彼女の手作りカレーを美味しくいただき
それから、彼女も美味しくいただこうか……
いやいやいや、お兄さんごめんなさい、それはまたの機会にいたします

真心ブーメラン

川辺を散歩し風の音を聴いた
見上げれば、輝く星々
俺は、懐かしく思い出す

昔、俺にはとても優しい彼女がいた
三年間、同棲していた
本当にクズで、女好きだった俺は
あるとき彼女と喧嘩になり
「俺はお前ひとりに縛られたくねぇんだよ」
と心無い言葉を叩きつけてしまった
彼女とは、それっきり
しばらく経って、愚か者の俺は
彼女の存在の大きさに気付いたが
後悔先に立たず

そんなクズで愚か者の俺だが
また彼女が出来た
正確には、まだ付き合ってはいなかったが
彼女は俺に好意を持っている
根拠はないが
俺には自信があった
そろそろ俺の心を彼女に投げてみよう
きっと、受け取ってくれるはずだ
俺は、俺の心をそのまま
ブーメランに忍ばせて彼女に投げた

俺は、川辺で風の音を聴いている
見上げれば、輝く星々
俺は、額に手をあて小さく息を吐いた
あの時、彼女にサッと避けられた
俺の下心ブーメランは
今もまだ
俺の額に突き刺さったままである

時をかけるレシート

十二月、北国行きの空港で
久々に着た冬服のポケットに手を突っ込むと
しわくちゃになったレシートが出てきた
一体、何のレシートだろう
日付を見ると二年前のものだった
当時の記憶が蘇る
片想いだったが夢中になっていた女性に
誕生日プレゼントを買ったときのやつだ
大好きだった彼女の喜ぶ顔が見たくて
デパートの売り場を何度も行ったり来たりして
彼女の誕生石がちりばめてある
綺麗なネックレスを買ってプレゼントした
「とても素敵！　ありがとう！」
彼女の喜んだ顔は今でも鮮明に覚えている
ホントに心から嬉しそうだった

でも結局、俺の気持ちは彼女には届かなかった
彼女は老舗の和菓子屋の若旦那と婚約したらしいと
しばらく経ってから風の噂で聞いた
そんな懐かしくもほろ苦い記憶を
あの日からタイムスリップしてきた
一枚のレシートが思い出させた

「どしたぁ？　大丈夫かぁ？」
遠くを見つめる俺に同僚が心配そうに声をかけてきた
「なんでもない大丈夫だ、すまんすまん」
俺はそのレシートをギュッと握りつぶしゴミ箱に投げ捨てた
そして俺達は雪の降りしきる北国に向けてフライト
君もこの窓から見える景色の中にいることだろう
幸せに過ごしているのならそれでいい
あれから俺も色々なことがあったし
今の俺は君に対する未練なんてないさ
北国に向かう今の俺は
ススキノの夜が楽しみで仕方がないのだから

恋愛ビギナー

俺は今まで恋愛感情というものがなかった
ところがある日、何かのきっかけで
同僚の平凡な女性が
とても魅力的に見えた
彼女のことを意識しているうちに
いつの間にか好きになっていた
今朝は思いがけぬ雨
傘のない俺は雨に濡れて
髪型が崩れてしまった
今までの俺ならそんなことは気にしなかった
だけど、今は少し気になるんだ
彼女を意識しているから
ある日、思い切って
俺の気持ちを彼女に伝えた
「他に愛してる人がいるの」

彼女は言った
俺は何も言えなかった
俺はまだ、彼女に「愛している」と
言える資格もなかった
何も始まっていないのに愛してるなんて言えるわけもない
でも彼女は他の誰かを愛していると言った
彼女は誰かと何かが始まっているのだろう
男の嫉妬は醜い
でも、考えようによっては可愛いものだ
などと思いながら自分を慰める
これは間違いなく失恋というやつだ
失恋とは、こんなにも辛いものなのか
だが、人を好きになるということは
そんなに悪いものでもない
今回は、それに気付けただけで良しとしよう
俺もいつか「愛している」と
自信を持って誰かに言える日がくるのだろうか

カラッポ

俺の背中を誰かが突ついた、振り返ると君が笑っている
久しぶりに君に会った、お互い学校の帰り道
君は色々なことを語った、俺も君に何かを語りたかったが
カラッポな俺は、ただ君の話に頷いていた
君がとても遠くに見えた
君は日々が充実しているんだね
そんな君を見ていると俺という存在を恥ずかしく思う
無気力で、努力してない俺には
君の笑顔が眩しくて、この場から逃げ出したいと思った
本当は俺も君のようになりたい
カラッポな俺も君のようになれるかな
出来ることなら君に一から教えて欲しい
家に帰って、お袋に不平を言ったら
若者らしくいろんなことに挑戦して
前向きに生きなさいと言われた

確かに、そんな風には生きてない
後ろ向きの冴えない毎日、このままじゃダメだ
そろそろ俺もやる気を出して
少しずつでもいいから前を向いて進もう
すぐでなくともいい
いつか輝く充実した毎日が送れる
何者かになってやると心に決めた日
懐かしくもあり戻りたくもなし

あれから何年経ったのだろう
俺が憧れた愛しの君に偶然会った
眩しく輝いて毎日が充実しているように見えた君が
いつの間にか、ズケズケした
生活感溢れるおばさんになっていた
でも、そんなことはもうどうでもいいことだ
問題なのは
俺はいまだに何者にもなれていなくて
いまだにカラッポのままであるということだ

無双の恋愛ギャンブラー

コオロギやコスモスといえば秋
秋といえば
読書の秋、運動の秋、食欲の秋
でも恋愛に季節は関係ない
俺は無双の恋愛のギャンブラー
特別に若輩諸君に恋愛とは何かをお教えしよう

恋愛それは
どうしようもなくせつなくて
胸が張り裂けそうで
彼女のことを考えるだけでときめいて
好きという気持ちだけが生きる活力
だけど目の前にすると話しかけられない
まばゆいばかりに美しい彼女
どうしたら彼女の愛を

手に入れることが出来るのだろう
臆病な俺は君を見ただけで凍り付く
誰か、俺の心を溶かしてくれ
なぜ俺は生きている
それはきっと彼女に必要とされているから
きっとそうに違いない
そう思ったらなんだか前向きになれる
必要とされていない人間なんて
この世にはいないんだ
そうだ俺も人を愛していいんだ

どうだい？
わかったかな？
こんな気持ちになることを恋愛っていうんだ
え？　わからないって？
やっぱりそうか
本当は俺もわからないのさ
実は俺、妄想の恋愛ギャンブラー

海の思い出

俺が生きている限り忘れられないもの
嬉しい時、悲しい時
なぜだかフッと蘇る
俺が小さい頃
家族四人で潮干狩りに行った
肉、米、タマネギ、七輪、飯盒を持って
海辺で七輪でバーベキュー、楽しいだろうな
そんなことを想像し、子供ながらにワクワクした
潮干狩りでは、沢山の貝がとれた
とれた貝はしばらく海水につけて砂を吐かせる
その間に飯盒で米を炊いた
米が炊き上がると
いよいよ、七輪の出番だ
タマネギ、肉を七輪で焼く
飯盒で炊いたご飯も旨い

あー、美味しい、楽しい
一時間ばかり砂を吐かせた後で貝も焼いた
すると、さっき食べた肉よりも
とれたての貝の方が数倍美味しい
まだ砂が残っていて少しジャリジャリしたけれど
「美味しいねぇ、ハハハハ」と
家族四人で心から笑った
俺が生きている限り忘れられないもの
それは
家族四人揃って行った潮干狩り
飯盒で少し焦げた硬めのご飯の味
ジャリジャリしたけど旨かった貝の味
とった貝の数を競った、子供の頃の姉の姿
亡くなった父の元気な笑顔
今は弱ってしまった母が元気だった頃のこと
家族揃って出かける前の日のワクワクした心
そのすべてが
俺が生きている限り忘れられないものなんだ

心が見えたら

中学の美術の授業中、君の耳の形をからかったら君は聞こえないフリ
俺は、調子に乗ってガキのようにからかい続けた
実際に俺はガキだった、好きな子に関わりたくて意地悪をするような
君は急に机に伏して泣き出した、俺はあわてて背中に手をあて、必死に謝った
すると、ガバッと顔を上げた君は「バーカ」と急に笑い出した
俺の幼稚な言動を無かったことにするかのように、大きな声で笑ってくれた
俺はホッとして、取り繕うように、君に合わせて大きな声で笑った
ホントは、幼稚な自分が恥ずかしくて、どうしていいかわからなかった
君の優しさに救われ、その時からさらに君のことが好きになっていたんだ
高校生になり、彼女と同じ高校に進んだ俺はというと
悪友どもと意気がって悪さばかり、相変わらずガキのまんま
綺麗で大人っぽくなった君とは正反対、俺は君が眩しくて近寄ることも
気持ちを伝えることも出来ずに、ただ時間だけが過ぎてた
転機は、高二の冬休み、その頃ハマっていた一人カラオケに行ったとき
ドリンクコーナーで偶然君に会い、俺は驚いたが君は平気な顔で

「よっ！　もしかして、ソロカラかい？」と話しかけてきた
「悪いかよ」なんだか恥ずかしかった俺は、ぶっきらぼうに答えた
「あんた、塩対応は昔から変わんないねぇ」と彼女は笑った
「実はアタシもソロカラなんだ、そうだ！　同中のよしみで一緒に歌おうよ」
半ば強引に彼女の部屋へ誘い込まれて、彼女のいい匂いが充満した空間
何を歌ったかも覚えていないが、交互に何曲か歌ったあとで彼女が突然こう言った
「あんたさ、中学の時からアタシのこと好きだったでしょ？」（え……？）
「美術の時間に嘘泣きした時、あんたわたしの背中に触れたでしょ」
「実はアタシ、サイコメトラーなの、だからあの時からわかってたのよねぇｗｗ」
笑いながら意味深に言う彼女の言葉を聞いた俺の頭は完全にパニくっていた
そんなことはあり得ないと思いつつも、想いをズバッと言い当てられ動揺した俺は
彼女の匂いに包まれた空間に麻痺していたのも相まって、彼女とのふしだらなことを
妄想したり、どうせならこの勢いで告白してしまおうかなどと考えていた
すると「アハハハハ、あー、可笑しい！　ジョーダン、ジョーダンよ！」
と彼女は、笑いながら俺の肩をポンポンと叩いたその瞬間
「え？　やだっ、はぁ？」と彼女は顔を真っ赤にして後ずさりした
俺も「は？　え？　ナニ……？」と、彼女よりも真っ赤な顔になった
どうやら彼女は、正真正銘のサイコメトラーのようである

まじかる☆ウォー

君に出会った瞬間から、君の魔法で恋に落ちた
俺も負けずに魔法をかけたが、多分君には効いていない

俺はいつも家に帰ると
決まった生活のルーチンがあり
洗濯して、晩メシ食って、掃除して
洗い終わった洗濯物を干し
風呂に入って寝るのだが
今日はなぜだか、何も手につかない
これも君の魔法ですか？

昨夜は呑みすぎ、朝まで爆睡
携帯を見ると、八件のメッセージ
君からの「逢えないかな？」のメッセージ
昨夜の俺のバカヤロー

これが魔法なら泣けてくる

ロッキーは、エイドリアンのために一念発起し
ボクシングのヘヴィー級チャンピオンになった
君が俺の傍で応援してくれるなら
俺も何者にでもなれそうな
そんな気持ちになるのです
これも君の魔法ですか?

君と二人で街を歩く、もしかしてこれはデートですか?
突然君が腕を組んできた、なんだか、かなりこそばゆい
愛おしすぎる、君の香りが近すぎて
このまま時間が止まればいいのに
ずっと君を感じていたい、そんな感情が溢れてくる
これも君の魔法ですか?

「俺とずっと一緒にいて下さい」
これが俺の最後の魔法です

絶対に外せないもの

俺は使い終えたトイレットペーパーの芯を
何気なくゴミ箱に向かって
投げ入れようとした
その瞬間、俺の周囲の時が止まった気がした
「絶対外したらダメだ」
なぜか、そんな思いが湧き上がる
ただトイレットペーパーの芯を
ゴミ箱に投げ入れるだけのことなのに
何かとてつもなく大きなことに思えた
俺は眼を瞑り精神を集中させ
魂を込めて
1、2の3で芯をゴミ箱に向けて投げた
芯はクルクルと回転しながら弧を描く
そのまま
ゴミ箱に吸い込まれていく

かと思ったが
芯はゴミ箱のカドに当たり
コーンッと弾け
コロコロコロッと転がって
ピタッと円柱として床に立った
その瞬間
芯から赤くまばゆい閃光が発せられ
芯を中心にゴトンゴトンと
家が回り始め
ドドドッ、バシューンと
我が家が月に向かって
高速で飛んでいく

俺は枯れ木に花咲かす
無双の恋愛ギャンブラー
帰る時にはきっと、かぐや姫を
ゲットしていることだろう
まっ、ソレもコレも夢なんだろうけどね

追憶の楽譜

中学二年のときの文化祭
最近では、何かと揶揄されるお年頃だ
俺達のクラスは、バカをやる奴らが多かった
俺自身も当時はお調子者の浮かれ野郎で
何か一芸を披露すると、自ら申し出て
思いついたのが、何か歌を歌うことだった
俺は、当時流行っていた歌をチョイスした
小学校から一緒だった女の子が、楽譜に歌詞を書いてくれた
そして、文化祭本番の日
俺は、彼女に書いてもらった楽譜を手に
体育館のステージに上がった
皆の視線が俺に集中し、とてつもなく緊張した
なぜ俺は歌を歌うなんて言ってしまったのだろうと
後悔したが、ここまで来たら
はっちゃけて歌うしかない

先生が準備してくれた、8トラカセットから流れる
大音量の曲に合わせ、俺なりに全力で熱唱した
俺はクラスでも指折りの音痴ながら
声が枯れるほど大きな声で歌った
しかし、皆の反応が悪い、このままでは終われない
何かをして盛り上げなければ
そう思った俺は、歌いながら即興で踊った
体をかがめたり、反らしたり、右へ左へくねらせたり
つま先でバレリーナのように立って移動したり
すると、俺の下手な歌と奇妙なダンスが皆の心に突き刺さり
会場は大盛り上がりしたのだった

今、日の前にあの時の楽譜がある♪
あれからずいぶん時は経ってしまったが
あの子が歌詞として書いてくれた文字は
今もあの日のまま生きていて、その文字を見ていると
あの日の記憶も昨日のことのように蘇る
あの日の君達は、今どこで何をしているのだろう♪

ミラクル準備中

そんなこんなのココロ
そんなこんなのカラダ
そんなこんなで、俺は生きている
そんなこんなで、いつまでやっていける
今の俺は時を待っている
俺の中の何かが発動する時を
何かのきっかけで
俺が何者かに変身する時を
今の俺は、何者でもないが
その時が来れば
俺は何者かになれるはずだ
だが、時は俺を待ってはくれない
花は咲くもの、そして必ず散るもの
人には一花咲かせる人
そして花開かない人がいる

いずれにせよ
人もいつかは必ず散る
俺は、ようやく気が付いた
待っているだけじゃダメなんだ
このままでは、俺は何者にもなれず
待っている間に散ってしまう
自分から必死に掴みに行かなければダメなんだ
今の俺はただ、偶然を期待しているだけ
なんの努力もせず、完全なる他力本願
訪れるかどうかもわからぬミラクルに期待して
怠惰に生きることの言い訳にしてきただけなんだ
もう待つのはやめだ、たった一度の人生
やりたいことをやったなら、失敗したっていいじゃないか
俺の人生は俺自身のものであって
俺が責任を取ればいいことだ
よし、決めた！
今日からは俺のやりたいように生きて行く
まずは新しい本を書いてみるか

パンの耳

彼女を愛するのを諦めさせられた日があった
だが、再び彼女を愛してもいいと思わされる日が来た
これから先のことはわからない
だがもう一度愛したい、そう思ってしまう
俺はそんな愚かなオトコ
何度裏切られても、惑わされても彼女を愛して守りたい
夏が好きな人、冬が好きな人、人それぞれ
そんな人それぞれのなかで
俺は彼女のことがずっと好きな人

生きるのをやめようと思った日
再び何とかして這い上がった日
これから先のことはわからない
だが願ってしまう
彼女の好きな人が、彼女を嫌いになればいい

俺はそんな惨めなオトコ
それでいいんだ、それでいいのか

彼女にとって俺はパンの耳
パンの耳は、はしっこだけど
油で揚げて砂糖をまぶせば
案外、美味しいおやつになる
耳があるから食パンは美味しくなるらしい
結局、俺は何が言いたいのか
彼女にとってのパンの耳のような
俺の人生にもきっと意味がある

これからも俺の愛する彼女は
きっと沢山の美味しそうで
素敵な男性に惹かれることだろう
だけど、いろんな味のいろんな男性を知り尽くし
最後には、パンの耳である俺のことを求めるはずさ
それでいいんだ、それでいいだろ

虹は勝利の予感

夕食にあさりのバター焼きを食べました
いつかお母さんが
あさりを味噌汁に使おうとしていたとき
前に親戚のおばさんの家で食べたバター焼きを思い出して
「バター焼きにして！　して！」とねだりました
旨いなぁ、これ！
それ以来、定期的にお母さんは
あさりのバター焼きを作ってくれます
なんて、健太は幸せ者なのでしょう
健太には、大事なものが沢山あります
健太は小学四年生です
土曜日の昼、健太が寝転んでいたら
ザーザーと雨が降ってきました
困りました、カープの試合があるのに
今日は、カープの試合を見に行く予定なのです

健太はいつの間にかウトウトと寝てしまいました
健太は、小学校の授業の夢を見ました
雨は、太田川に流れこみ海へ、そして
水蒸気となり、空の雲となり、再び雨となります
雨は「水の循環」の一つなのです
雨となった水は再び川へ流れこみ、その川から水を浄水場に取りこみ
色々な浄水工程を経て各家庭に供給されるのです
生活に必要な循環の一つなのです
でも、雨か……
カープの試合、前から楽しみにしていたのに……
「健太、健太！」
気付くと健太はお父さんに起こされました
「健太、カープの試合行くぞ！
今日は黒田投手が投げるんじゃ、絶対勝つぞ！」
健太はまだ寝ぼけまなこ
窓を開けると雨は止んでいて
雨上がりの空には
鮮やかな七色の虹がかかっていました

不完全燃焼

いつもの道を歩いているときふと思った
この道を一体どのくらいの人が通ったのだろう
道の痛みに共感する
そういう俺もその痛みの一因だ
そんな痛みの一因でしかない俺だが
もう一度人生をやり直せるとしたら
俺はきっとまた、この人生を選び
またこの道の痛みの一因となるだろう

俺にはやり残したことが多すぎる
高級料理を腹いっぱい食べるとか
美女に囲まれ時間を忘れて乱れるとか
世界に轟く偉業を成し遂げるとか
酒を満たしたプールで泳ぐとか
ベストセラーの本を書くとか

小学校のときの友達全員に会うとか
愛する子供を抱きしめるとか
世話になった母と姉を旅行に連れて行くとか
まだまだまだ
そう、まだまだ俺には
俺としての人生でやり残したことが沢山ある
まずは豪華客船で世界一周の旅に出てみるか
いや無理だ、先立つものがない
そうやって
やり残しばかりが増えていく
大空に果てがあるのか知らないが
俺のやり残したことに果てはない
風に舞う花びらは
可憐というには儚すぎるが
咲いた桜はいつか必ず散る
やり残したことは無限にあるが
俺もいつかは塵となり風に散る
逃れられぬ必滅の法則

赤トンボ

俺は額の汗を拭いながら公園のベンチに腰掛けた
夕焼け空に赤トンボが飛んでいる
遠くに見える工場の煙突からは風の流れを教えるように
真っ白な煙が空を流れている
そんな景色を煙草を吸いながら眺めていると
子供の頃の不思議な出来事を思い出す
小学五年の夏休み最後の日
夕暮れ時に友達と四人で遊んでいると
見知らぬオジサンに声をかけられた
カバンを運ぶのを少しだけ手伝ってくれないかとのこと
オジサンは汗だくで、重そうなカバンを三つ持っていた
親や学校から、知らない人にはついて行くなと言われており
俺達は迷ったが、四人もいるし大丈夫だろうと
オジサンのカバンを運んであげることにした
とても重いカバンだったので、俺達は二人で一つを持った

どのくらい歩いたかは覚えてないが
「ここらでいいよ、ありがとう」と言って
オジサンはみんなに百円ずつくれると
また重いカバンを三つ抱えて
赤トンボの舞う夕焼け空の下をとぼとぼと歩きだした
俺達はしばらくオジサンの後ろ姿を眺めていたが
オジサンの姿が黄昏に溶ける頃、俺達は家路についた
結局、あのカバンには何が入っていたのか
オジサンはどこから来て、どこへ向かっていたのか
大人になった今でも想像もつかないしわかるはずもない

しかし、八月も終わりだというのに今日も暑い
俺は煙草を吸い終わり、ベンチから腰を上げて
よっこらせっ！　三つのカバンを持ち上げた
「アッ、痛タタタ……」まいったな、腰をやっちまったようだ
公園に目をやると、元気そうな小学生の男の子が四人で遊んでいる
ちょっとだけ、あの子達に手伝ってもらうとするか
あとで小遣いを百円ずつでもやればいいだろう

相思相愛

君と出会って、君と別れて
今、俺は違う女性と結婚している
ある日、君から電話があって
君は泣いていた
でも、俺にはどうすることも出来ない
妻はテレビを見て大笑いしている
俺は無力で、愛していた女性を
助けてあげることが出来ない
では、一体俺は誰を助けられるのか
夜中に隣で寝ている妻の泣き声がする
妻はしばらくすると寝てしまった
日曜日、妻は相変わらず
テレビを見て大笑いしている
妻の悩みは何なのか
まったくわからない

俺は大事な女性を助けられない
では、一体俺は誰を助けられるのか
昔の彼女、今の妻
俺はどの女性も幸せにしてあげられない
昔の彼女が泣いていた
そして妻も泣いていた
二人の女性も不幸だが
愛した女性を幸せに出来ない
俺自身も不幸だった
俺は宙を見つめ心で泣いた
俺自身を助けられない
俺は、いつだって誰も助けられない

とまあ、こんな悲哀を妄想する
片恋慕の経験しかない俺ですが
いつかは誰かと相思相愛となり
幸せな家庭を築けることを
夢見るには歳を取りすぎちまったかなぁ

土筆と罰

俺は暖炉の前の椅子に座り、パチパチと音を立て揺れる炎を見ながら
ギチギチに氷を入れたサーモスのタンブラーでハイボールを呑む

俺が住んでいるところは、市街地から離れた山間地区の田舎で
少し山に入れれば精霊たちが住んでいるような雰囲気すら感じさせる
今年も四月間近ではあるが、川沿いや日陰には残雪がある
たまに街の人がこの地区に来て、残雪に驚くことはよくある光景だ
今朝、愛犬リリアンと散歩をしていたときのこと、近所の橋のたもとで
残雪を押しのけ、ニョキッと顔を出した土筆を見つけた
「もう、春なんだなぁ」俺はしゃがみ込みリリアンの頭を撫でながら呟いた
元々俺は、この地域の人間ではない
前に住んでいた地域でも、春になると土筆は生えていたが
雪を押しのけて生えてくる土筆は、ここに移住して初めて見た
最初に見つけたときは、自然の力に感動したものだ
この地域では土筆を甘露煮や佃煮にして食べる

そういえば、ここに越してくるまで土筆なんて食べたことはなかったな
なんて考えていると、リリアンが橋のたもとでオシッコをしだした
すると俺も急に尿意をもよおしてきた
人の往来が少ない場所だが、一応人目につきにくい橋の陰に隠れて
俺も用を足すことにし、ジョロジョロと出始めた矢先のこと
この地区では数少ない女子高生二人が歩いてくるのが見えた
これはマズい、尿意を急に止められない俺はジョロジョロとしたまま
彼女らの視界に入らない橋のたもとへ移動した「ふー、危なかったな」
なんとか事なきを得たが、俺がジョロジョロジョロとした先は
土筆が懸命に雪を押しのけて顔を出している場所だった
夕方、近所の婆さんがお裾分けといって土筆の佃煮を持ってきた
「今日は橋のたもとに、ようけ生えとったんよ」
婆さんはにこやかに語りながらタッパーに入った土筆の佃煮をくれた
俺は婆さんの姿が見えなくなるとタッパーの中身をそのまま捨てた

揺れる炎が俺に問う、心に恥じることはないのかと
突然、タンブラーの氷がパチッと弾け俺の目玉に飛んできた
これが天罰というやつなのだろう

ベロベロバァー

シルバーウィークにオフクロと行った旅の帰り道
高速のパーキングエリアで、赤ちゃんを連れた男性が
大きな木の丸いベンチに座っていた
俺とオフクロもベンチの反対に座った
何を思ったか、向かいの赤ちゃんに
オフクロがベロベロバァーと
声を出さず、いろんな仕草をし始めた
赤ちゃんの父親は、スマホをしきりに弄っている
ホントに可愛い赤ちゃんだ
オフクロは、またまたベロベロバァー
すると赤ちゃんは、オフクロを見てニコニコニコ
赤ちゃんの父親はというと
まったく気が付いていない
知らない家族同士が
向かい合わせのベンチに座っただけのこと

赤ちゃんの父親はスマホで
赤ちゃんの画像を見てるのか？
もしもそうなら
いま、あなたの目の前にいる
あなたの大切な赤ちゃんの
今が最も旬な可愛いときではありませんか？
俺達は赤ちゃんにベロベロバァー
赤ちゃんは、キャッキャッと笑ってますよ
それでもその父親は、ずっとスマホを弄ってる
赤の他人の俺達親子が
リアルタイムのあなたの大切な
赤ちゃんの、一番旬な笑顔を
独占しててもいいのですか？
スマホで見ているのが
あなたの赤ちゃんの画像ならまだ救われます
おい、父ちゃん、本当に大丈夫ですか？
ちゃんと、自分の赤ちゃんを見てますか？
子は親を見て育つらしいですゾ

保存本能

普段のんびり歩く人も、自分の命の長さを知れば走り出すかもしれない
人が自分の寿命を知れば、残したいと思うものが見えてくるだろうか

初秋の夕暮れ時、晩飯を済ませた俺は玄関先で煙草を吸っていた
庭の照明灯には、沢山のカゲロウが舞っている
カゲロウは、儚い命の代名詞のような虫だが
実は、三億年以上も前から生きていて
地球上で最初に空を飛んだ生物なのだとか
口も腸もなく、食事も取らず眠ることもない
まるで、すぐに死ぬために作られた体
寿命が短いのもわかる気がする
カゲロウは、ただ眺めているだけなら
懸命に羽を動かす姿が、なんだか可愛く見えたりもするが
彼らは、成虫になった瞬間から死に抗い、新たな生を求める
数時間から数日といわれる寿命のなかで食事も睡眠もとらず

ＤＮＡに刻みこまれた本能というプログラムに従い行動している
その本能とは【種族保存本能】というモノだ
人も命の危険を感じた直後や、身体的不具合を命の危険と脳が処理すると
反射的に起こる現象で、生物には抗えない本能だ
実はこの本能は、人間には無いという意見もあるようだが
俺は確実にあると考える、無いと主張する人達は
命の危機を感じるような経験をしたことがないのだろう
俺は、この本能が目覚めたことが何度かあるが
あの状態になると、猛りを収めるのが本当に厄介だ
さておき、もしもカゲロウの遺伝子を人間に移植出来たとしたら
日本の少子化問題も解消出来るかもしれないな
なんて、しょうもないことを考えていると
夜風に流され、一匹のカゲロウが俺の胸元にとまった
「こんなところで道草食ってないで、早く相手を見つけて
悔いのないよう、しっかり子孫繁栄に励んで来なよ」
俺はそのカゲロウに語りかけながら
乱痴気パーティー会場である照明灯の下にそっと戻してやった

夢の国から

街の一角で、アスファルトの隙間から
小さいけれど、綺麗な花が咲いていた
風に吹かれても、踏みつけられても
たくましく咲いている小さな花
君はどこから来たんだい
小さくとも美しさと力強さを感じさせる
その小さな花に
心の中で問いかけながら
オー・ヘンリーの
「最後の一葉」を思い出す
どんな嵐でも決して揺れず
散ることのない希望の一枚の葉
レンガに描かれた
老画家ベアマンの命を賭した最後の作品
もしかして君も

ベアマンの作品なのかい

なんてね、俺は詩人か？

午前七時過ぎ、排ガスの臭いとエンジン音で
夢の国から引き戻された
起き抜けに目についた、寝床の横に生える雑草に
ほんの少し、親近感を覚えただけさ
歩道橋の下の段ボールのベッドから
よっこらしょと起き上がる
今日は東公園で炊き出しがある日だ
食いはぐれないように早めに行こう
何で俺はこうなったかなんてどうでもいいさ
そんなことよりまずはメシだ
綺麗な花も、絵に描いた葉っぱも
俺の腹を満たせやせんのだ
まずは
今日という日を生き抜いてこそだ

バカヤロウ

ロシアのウクライナ侵略とか
激化する中東問題とか
生まれた国が違うだけで
人の生き様はまったく違う
俺はこの平和と言われる国で
のほほんと、本当に大事なことから逃げ続け
呆けたまま我儘に生きている
あの娘がどうだとか
仕事が上手くいかないだとか
パソコンの起動が遅いとか
職場の夏の空調が暑すぎるとか
ヘルニアで腰が痛いとか
喘息の発作がしんどいとか
俺が何者にも成れていないとか
そんなこと

一日を生き抜くことだけに
必死になっている国の人々のことを思えば
どうだっていいことだ
生まれたところがそれぞれなのは
運命なのかもしれないが
どこの国で生まれようが
みんな同じ人間なんだから
争う必要なんてないじゃないか
人類すべて仲間じゃないか
誰もが独りじゃ生きていけないのに
殺し合って孤独になって何を求めているんだ
バカヤロウ
俺は人類の指導者でもなんでもないし
ただの平和呆けしたおっさんで
ピースの綴りも覚えていないが
不条理で不幸な争いが
この世界から無くなった
そんな平和な未来を願っている

夢の中のアイツ

俺はよく夢を見る

一昨日の夜
夢にオヤジが出てきた
そして、「馬を買え！」と言ったのだ
どういう意味だったのだろう
明日はＧ１の宝塚記念がある日だが
馬券を買えということか
死んだオヤジの誕生日は五月十一日
５と11を買えというそんな意味だったのか
結果を見たら大外れだった
所詮、夢は夢なのだ

昨日の夜
気になっているあの娘が夢に出てきて

俺に向かって優しく微笑んだ
もしかして、あの娘も俺に気があるのか
そう思い、さっそく食事に誘ったら
「彼氏がいるので、すいません」
と一蹴された
所詮、夢は夢なのだ

今夜も夢を見るかはわからないが
誰が出てくるか楽しみなんだとアイツに話した
「夢は夢だろ、結局はお前の深層心理なのさ」
夢のないことを言われた挙句
夢にまでアイツが出てきて
「つまらん夢ばかり追いかけてんじゃねえよ」
と夢の中でも、夢のないことを言われた
所詮、夢は夢ではあるのだが

出来れば明日の夢には
アイツ以外のオヤジかあの娘が出てきて欲しい

下問を恥じず

俺には、感謝しなければならない後輩がいる
数十年前、自動車学校に通っていた頃のこと
俺は授業の予約を端末で取ろうとしていたが
機械が苦手な俺は、思うように端末を操作出来なかった
俺の後ろには、予約入力待ちの人が数人並んでいる
焦れば焦るほど、操作を間違える
困っていたら、すぐ後ろにいた二人の女子大生らしき子が
「どの授業を取りたいんですか？」と訊いてきた
俺が予約を取りたい授業を伝えると
彼女達はパパッと端末を操り、俺が望む授業を予約してくれた
「どうも、ありがとう」「いえいえ、良かったです」
彼女達は自分達の予約をほんの数秒で入力すると
何やら小声で話しながら小走りに去って行った
俺はなんだか、心に爽やかな風が吹き抜けたような気がした
（本当に助かったよ、ありがとう）

心の中でもう一度彼女達にお礼を言った
翌日、そのエピソードを職場の後輩に話した
とても優しい女の子達の親切に感動したという話を
すると、その後輩は呆れたように小さく息を吐いて
「それは多分、単純にセンパイがトロかったからっすよ
親切というより、ただ待たされるのが嫌だっただけっすね」
可哀そうなヤツだ、人の善意をそんな風に捻じ曲げて捉えるとは
翌週、例の彼女達に予約してもらった授業を受け終わった俺は
次回の予約のため、いつものように端末と格闘していた
すると、先日の彼女達が通りかかるのが目に入った
俺は助けを求めるように、彼女達に大きく手を振った
彼女達も俺に気が付き立ち止まってくれた
俺は助かったと思った
しかし、二人は顔を見合わせ小さく頷くと
何事もなかったかのように去って行った
振り返ると、俺の後ろには十人以上が鬼の形相で列をなしていた
後輩よ君が正しかった
いい教訓になったよ、ありがとう

生き様さまざま

人生に虎の巻はない
だから、俺のルールは俺が決める
人の一生は、長くとも百年程度
宇宙の歴史に比べれば
まばたきにも満たない時間
選択肢は無限だが
時間には限りがある
この世のすべてを経験することなど出来はしない
だから人は常に自ら道を選択し前に進む
周りに流され選んだ道だとしても
決断したのは自分自身だ
他人のせいにするもんじゃねぇ
世の中には色んな人がいる
歴史に名を残すことを目標とする人
平々凡々と農業を営む人

人を笑わせることを生業にする人
お金を貸してお金を稼ぐ人
人を助けて自らの喜びにする人
何が偉いかなんて関係ない
生きてるだけで立派なもんだ
何も出来ず、何も残せず
生まれてすぐに消えてしまう命だってある
昔、テレビのバラエティ番組で見たお爺さんが
「偉くなくとも正しく生きる」というのが
自分の人生のルールだと言っていた
子供だった俺には
そのお爺さんが眩しくみえた
生き方も価値観も人それぞれ
だから俺は俺のルールで生きて行く
え？
俺のルールを聞きたいって？
君だけに特別に教えてあげよう
ルールに縛られないのが俺のルールなのさ

歴戦の勇士

何事も失敗しないとわからない
だけど、失敗にも程度ってものがある
今、人はなぜキノコを食べられているのか
毒キノコならば、命を落とすかもしれないのに
俺達の食卓には、普通にキノコが出される
昔、先人達が命を懸けて確認してくれたからなのだ
失敗にもランクがあるというものだが
失敗すれば下手をしたら命を落とす
でも、そうやって、試し続けて人は生きてきた
食べ物だけじゃない
すべてのものに対して
命懸けの試みが行われてきたおかげで
今の世界が成り立っている
医学における軽い試み、重い試み
使える薬、使えない薬

郵便はがき

料金受取人払郵便

新宿局承認

2524

差出有効期間
2025年3月
31日まで
(切手不要)

1 6 0-8 7 9 1

141

東京都新宿区新宿1－10－1

(株)文芸社

愛読者カード係 行

お名前《ふりがな》				明治 大正 昭和 平成 年生 歳
ご住所《ふりがな》	□□□-□□□□			性別 男・女
お電話番号	(書籍ご注文の際に必要です)	ご職業		
E-mail				
ご購読雑誌(複数可)			ご購読新聞 新聞	

最近読んでおもしろかった本や今後、とりあげてほしいテーマをお教えください。

ご自分の研究成果や経験、お考え等を出版してみたいというお気持ちはありますか。

ある　ない　内容・テーマ(　　　)

現在完成した作品をお持ちですか。

ある　ない　ジャンル・原稿量(　　　)

書　名			
お買上 書　店	都道　　　市区 府県　　　郡	書店名	書店
		ご購入日	年　　月　　日

本書をどこでお知りになりましたか?

1.書店店頭　2.知人にすすめられて　3.インターネット(サイト名　　　　　　)

4.DMハガキ　5.広告、記事を見て(新聞、雑誌名　　　　　　)

上の質問に関連して、ご購入の決め手となったのは?

1.タイトル　2.著者　3.内容　4.カバーデザイン　5.帯

その他ご自由にお書きください。

(　　　　　　　　　　　　)

本書についてのご意見、ご感想をお聞かせください。

①内容について

②カバー、タイトル、帯について

弊社Webサイトからもご意見、ご感想をお寄せいただけます。

ご協力ありがとうございました。

※お寄せいただいたご意見、ご感想は新聞広告等で匿名にて使わせていただくことがあります。

※お客様の個人情報は、小社からの連絡のみに使用します。社外に提供することは一切ありません。

■書籍のご注文は、お近くの書店または、ブックサービス(0120-29-9625)、セブンネットショッピング(http://7net.omni7.jp/)にお申し込み下さい。

マウスによる数々の実験
人体による臨床試験
新たなる手術の試み
未知に挑む人々
命を落とすかもしれないというのに
尊い命を懸けた
なぜか？　それは生きるため
未来を生きるため
食べられるかもわからないのに
人はなぜキノコを食べたのだろう
食べなければ生きていけなかったから
そう、生きるため
この世に生き残るため、生き続けるため
何事も失敗しないとわからない
昔の人々の多くは
その試みや病気で死んでしまった
今、俺達が生きている陰には
そんな歴戦の勇士達がいる

モンスター

俺が子供の頃のこと
ある日の夕方
俺はオヤジの自転車の後ろに乗っていた
オヤジは鼻歌を歌いながら
機嫌よく自転車を走らせていた
本当になぜだか理由はわからないが
俺はふと馬鹿な考えが頭に浮かんだ
もし俺がこの自転車の
後輪に足を突っ込んだら
一体どうなるのだろう?
愚かすぎるガキだった俺は
そのとんでもない妄想を辛抱出来ず
えぇいままよと
回転する後輪に向けて
右の足先を勢いよく突っ込んだ

当然のごとく俺の足は
自転車のスポークに巻き込まれ
自転車は急停止
俺もオヤジも自転車から転げ落ちた
自業自得ではあったが
あまりの痛みに俺は泣きだした
オヤジは必死の形相で
俺を抱き上げ病院へと走った
幸いにも骨は折れていなかったが
大変な騒ぎになった
家族にも凄く迷惑をかけた
いまだに家族に真相は秘密にしているが
オトコノコには
こんな馬鹿な特性がある
え？
そんな馬鹿は俺だけだって？
きっとあなたもオトコノコという怪獣を
育ててみればわかることさ

レスカじゃけん

一回り以上年下の彼女が、唐突に俺に言った
オリジナルのクロスワードパズルを作ってくれと
「解けたら夕飯奢ってちょうだいよ、そのかわり
解けんかったらアタシが奢ったげるけん」
と付け足されたが、いつも俺が奢らされているので
そんなことは気にせずに、軽い気持ちで引き受けた
縦横8マスずつの線を引いた紙に適当に思いつく言葉を
尻取りで繋がるように当てはめ、全部のマスが埋まるように
色々な単語をメモ用紙に書き連ねていく
俺の好きな「キララ」という言葉を入れたかったが
流石に彼女にはわからないだろうと除外した
小一時間ほどかけて、なんとか出来上がり
縦の言葉と横の言葉のヒントを
マスの下に清書して彼女に渡した
すると、彼女は嬉々として

俺が作ったクロスワードパズルに没頭していたが
しばらくすると「あーっ、もう、一個だけわからんわぁ」
彼女はイラつきをあらわにして不機嫌になる
「なにがわからんのんよ?」俺は何がわからないのかと覗き込む
「この『レ』で始まって『カ』で終わる三文字のヤツよぉ」
なぜわからないのかが、俺にはわからなかったが
「そこは、レスカしかなかろうよ」と、したり顔で教えてやった
すると彼女は眉間にシワを寄せ
「レスカぁ?? なんなんそれ?」
「レスカはレスカよぉ、レモンスカッシュのことに決まっとるじゃろ」
「はぁ? そんなん知らんけん、もしかして昭和語かいね?」
「メタボとフリマは書けとるやんけ、それと同じで略語じゃけん」
俺は少しカチンときて彼女に言った
「マジ知らんし、ほんまウケるわ〜ｗｗｗ」
彼女は腹を抱えて笑いだした
これがジェネレーションギャップというヤツか
結局、俺の反則負けらしく今夜の夕飯も俺の奢りだった
まぁ、ええんじゃけどね

スナフキン

毎日がただせつなくて
周りの人々が
輝いて見えるのはなぜなのか
自信がないのは否めないが
そろそろ自分を
傷つけるのはやめようか
元気のない時だからこそ
自分自身を愛してみよう
素直な気持ちを
自然に表に出すのは難しい
少しずつ、ゆっくりと
少しずつ、やってみよう

君はいつも孤独に溺れ
周りに心配してもらいたくて

学校をよく休む
でも、それじゃダメなんだ
毎日学校へ行って
心許せる友達を見つけるんだ
そうすれば
心配してもらいたくなくっても
君に何かが起こったとしたら
友達は君のことをとても心配するだろう
それが、友達というものさ

スナフキンはいつも独り
だけど、孤独に溺れているわけじゃない
自分自身を愛していないわけじゃない
ムーミンが困っていると
そっと、アドバイスをする
君ならきっと
みんなのスナフキンになれるはず
本当の君は強いんだ

合縁奇縁

俺は四十二歳、冴えない無気力サラリーマン
一応、付き合っているシングルマザーがいるが、たまに逢って食事したり
体のスキマを埋めあうだけのドライな大人の付き合いでしかない
そんな、無気力で目的も道徳もなく生きているのが俺という人間だ
ある日、珍しく残業の帰り道で背後に人の気配を感じた
振り返ると、全力で走ってきたであろう女子高生らしき子が膝に手をつき
ハァーハァーと肩で息をしながら「助けて下さい」と俺に言う
厄介事に関わりたくなかった俺は、足早にその場から立ち去ろうとしたが
少女は俺の右袖を必死に掴み、すがるような目で俺を見つめる
「ごめん、俺ほんとに困るんだけど……」
暗がりで気が付かなかったが、後方に目をやると三人の人影が見えた
「悪いけど、揉め事なら勘弁してくれ」
近づく人影に怯える少女は、俺の言葉を遮るように俺の腕にしがみつく
追いついてきたヤンチャそうな三人組の若い男、そのうち一人がいぶかしげに
「オイ、オッサン、あんたその子のなんなんだ?」

「……俺は父親だが、お前ら何者だ？」
厄介事が嫌いな俺が、なぜそんなことを言ったのかわからないが
「チッ、親父かよ……」捨て台詞を吐くと彼らは去って行った
「ありがとうございました、突然絡まれて、怖くて……」
よく見ると顔立ちの整った美少女だ、輩に絡まれることも多いことだろう
聞けば、ここから家も近いらしい、俺は少女を家まで送ってやることにした
家の前に着くと「ちょっと待ってて下さいね」と少女は家に入って行った
俺はくるりと回ってそのまま帰ろうとしたが、後ろから呼び止められた
振り返ると、そこには見知ったシングルマザーの彼女がいた
俺は驚き、彼女も目だけで驚く、少女は不思議そうに首を傾げる
「娘を助けていただいたそうで、お礼に夕飯でも食べて行って下さいな」
彼女は小さく笑みを浮かべながら、半ば強引に俺を家に招き入れる
俺は初めて彼女の手料理を食べることとなったが、かなりの旨さに驚いた
食事の最中、こういうのもいいもんだなと思っていると、少女が喋り出す
「さっきの『俺は父親だ』ってやつ、恰好良かったなぁ、あーあ、
おじさんがホントのパパになってくれたらいいのになぁ、なんてネ、あはは」
すると彼女が「それもいいわねぇw」とまんざらでもなさそうに笑った
俺の中の何かが「ドクンッ！」と音を立てて変化していくのを感じた

ダチョウの生き様

悲しみを白いペンキでベタ塗りして
その上から真っ赤なスプレーで
前向きな言葉に上書きしたい

生きるって面倒なことだけど
その面倒が何かの瞬間に
素晴らしいに変わることがあるらしい
だから人は生きて行けるんだと
ある人から言われたことがある

携帯の向こう側には、数えきれない人々がいて
人々と繋がるホットラインとなる
だけど、隠れた悪意には気を付けて
面倒な人生がさらに面倒にならぬように

忘れられない思い出がある
忘れられない女性がいる
俺は誰かの人生の中にいるのだろうか

人それぞれ生まれた環境が違う
人それぞれ価値観も違う
人それぞれ憧れや夢も違う
当たり前のこと

俺は何になりたかったのだろうか
人は時に、俺に頑張れと言った
人は時に、俺に頑張るなと言った
何が正解かはわからないが
どうするかは俺自身が決めること

ダチョウは空を飛べないが
実に堂々と生きている
俺はそんな生き様が羨ましい

露店の水風船

帰省した実家での祭りの夜、露店の大きなタライの中で色鮮やかに
ぷかぷかと浮かぶ水風船、せがむ姪っ子に買ってやった

私には、十二歳ほど離れた妹がいて、私が中学生のときに自宅で生まれた
その日、私は眠っていたが、深夜一時頃、父と祖母の話し声で目が覚めた
母が産気づいたようで、父がバタバタと出て行った
産婆さんを迎えに行ったのだ
母は、産婦人科が苦手なようで、出産は産婆さんを頼っていた
私も自宅で産婆さんにとりあげてもらい生まれたそうだ
妹も私のときと同じ産婆さんにお願いしていた
父が出て行くと、祖母はお湯を沸かしたり、タライを洗ったりしていた
母は、和室に敷いた布団の上で辛そうに呻き声を押し殺していた
ほどなく、父が産婆さんを連れて帰ってきた
すぐに産婆さんと祖母が和室に入り、和室の障子戸が閉められた
私は、母が無事に赤ちゃんを産みますように、と障子戸一枚隔てた居間で

父と手を繋いで祈っていた、私はいつの間にか眠りかけていたが
「オギャー、オギャー」という元気な泣き声でハッと目が覚めた
私は嬉しくて、嬉しくて涙が止まらず、父に抱きついた
少しすると、産婆さんが妹を抱いて出てきて見せてくれた
真っ赤っかで、お猿さんのようだったけれど、とても可愛くて愛おしいと思った
父は「ようやった、ようやった」と母の頭を撫でた
その後、しばらくは産婆さんがウチにやってきてはばね秤で妹の体重を量ったり
茶色の細い瓶に入った、仁丹のようなものを妹のヘソに入れているのを見ながら
あれは何なのだろうと、不思議に思ったのを昨日のことのように覚えている

祭りから実家に戻り、姪っ子を風呂に入れ、寝かしつけたあと
妹と二人でダイニングテーブルに座り、缶ビールを開けた
母はまだ健在だが、父は一昨年、心筋梗塞で他界した
私も妹も結婚し、お互い子供も産んだ
「あんたも不満はあるじゃろうけど、ご主人と、もっと歩み寄らんと」
「もうウチは無理なんよ、アイツと別れて母さんと一緒に住もうかと思ってるんだ」
持ち帰った水風船は、いつの間にか艶やかさを失い、小さく小さく萎んでいた

ナースの魔法使い

君の子供の頃からの憧れ
それは、ナイチンゲールだったよね
大好きだったママと同じ職業
献身的な美しさとか
患者さんから慕われる
優しさとか、倫理観とか
そんなママをずっとそばで見てた君
憧れるのは必然だったのかな
悲しいことも、時にはあろうに
いつも君は絶やさぬ笑顔

魔法の黄色い靴があるならば
青や赤の魔法の靴もあるだろう
だけど君の魔法の靴は
間違いなく純白だね

君が正式にナースになった日
「ナース姿、そそられますな」
と言うと
「もう！」と嬉しそうに
俺の肩をバンと叩いて
顔を赤らめた

昨夜は夜勤、お疲れ様です
ぐっすり眠って下さいな
俺はいつも頼りなく
「頑張れ！　頑張れ！」
と応援することしか出来ませんが
それでも君はいつも素敵な笑顔
本当に、本当に
みんなが君の優しさに癒やされる
ナース姿の魔法使い
毎日素敵な魔法をありがとう

満月のカミングアウト

あの日の夜、彼女が秘密を教えてくれたんだ
ずっと、ずっと、教えてくれなかった彼女の秘密を

彼女との出会いは高校の入学式だった
俺は、こんなに綺麗な子がこの世にいていいのかと
驚いたことを今でも覚えている
幸運なことに俺は高校の三年間
ずっと彼女と同じクラスだった
彼女と仲良くなれて、心の底から嬉しかった
いつも笑顔を絶やさず、周りの友達にも優しくて
何よりも、誰よりも美しかった
俺は彼女のことが好きでたまらなかったけれど
俺なんかがと思い、気持ちは伝えられなかった
もしかしたら、俺の気持ちを彼女は気付いていたんじゃないのかな
彼女は海外で仕事していているという両親について訊かれると

いつも「ヒ・ミ・ツ」って笑いながら言っていた
たいして気にしたこともなかったし
言いたくないことは誰にでもあるものさ、なんて思ってたけど
やっぱり、秘密にされると気にならないと言うと嘘になる
文化祭の打ち上げで、あり得ないほど盛り上がり
初めて酒を呑んで、わけもわからないほどに弾けて
ふざけてキスをした夜ですら、教えてくれなかった

時は過ぎ
高校を卒業して五年目に開催された同窓会
俺と彼女は昔話で盛り上がり
二人でこっそりと二次会を抜け出して
深夜の懐かしの通学路を
缶入りハイボール片手に二人で歩いた
本当は、高校時代に俺の気持ちに気付いてたのでは?
なんて訊く勇気もなく、会話が続かず間を持たせるために
「結局、君のご両親ってなにしてる人なの」と訊いたときも
「ヒ・ミ・ツ」って笑いながら言ったんだ

さらに時は過ぎ
高校卒業から十年目の夏
ビアガーデンで開催された同窓会
俺はいまだ独身だったが、憧れの彼女のことを忘れかけていた
だけど、五年ぶりに再会した彼女は
驚くほどに変わらず美しく、俺は昔の記憶が蘇った
酒の勢い半分、諦め半分で彼女に近寄っていくと
「元気？　そういえばさ、君のご両親ってまだ海外にいるの？」
美しすぎる彼女に話しかける
ただの切っ掛けのつもりだったのだが
彼女は少し間を置き、にっこり笑ってこう言った
「ワタシ、実は、かぐや姫様なんだよネ……」
久しぶりにしては、なかなかおもしろい切り返しだ
十年以上も秘密にして、まだはぐらかすってことか
俺も大人だ、言いたくない理由が本当にあるのだろう
ならばこれ以上は野暮ってもんだ
「へー、じゃあ、かぐや姫様はなんで今になって秘密を明かすんだい？」
「タイミングでしょ」

彼女は少し寂しそうに笑いながら言った
「そういうもんなのか、ハハハッ」と俺も愛想笑い
彼女は小さく息を吐き、一呼吸置いて俺にこう言った
「君のキモチ、ちゃんと伝えてくれてたら、こうはならなかったよ」
悲しげに笑顔を浮かべる彼女の目から涙がこぼれた
「……えっ？　俺のキモチ？」
その直後、周囲が急に静かになった
見渡すと、みんなポカンと口を開け空を見上げている
俺も半分中身の残ったジョッキを片手に空を見上げると
月明かりに照らされた巨大な宇宙船が浮かんでいた
隣にいた彼女は白い光に包まれ、スーッと宇宙船に吸い込まれていくと
一筋の光を残し、あっという間に空の彼方へ消え去ってしまった
「とんでもねぇ秘密だったな……」
俺は、ジョッキに残ったビールを一気に飲み干し
再び空を見上げ、彼女の去り際の言葉の意味を考える

あの日は、雲ひとつない満月の夜だったのに
なぜだかやけに月がぼやけて見えたんだ

ホタル転生

家の近くの川沿いでホタルを見た
ポツン、ポツンと数は少ないけれど
あんなに近くで見たのは初めてだった
この辺って、そんなに田舎じゃないけどな
なんて考えながら眺めたんだ
何年か前、ホタルが出ると有名なところへ
オフクロと車で行ったときには
全然見つけられなかったのに
あんなに家のすぐ近くで見られるとはね
あのホタルたちは幸せなのかな
家に戻って出かける準備をしながら
そんなことを考える
ポツン、ポツンとしか仲間もいないのに
だが、それは汚れた人間の俺にはわからない
間違いなく言えることはホタルの光は美しく

すさんだ俺の心を浄化してくれた
この世に生まれてきてよかった
なんてことを思ったり、自然との共存を感じ
願いが叶うならば俺もホタルになりたい
生まれ変わったらホタルになりたい
月明かりの中で
小さく輝くホタルになりたいと願った

ピーンポーン♪
迎えのタクシーが来たようだ
二十分ほどで馴染みの店に到着
お気に入りの子を指名して
乾杯！　くぅー！
旨いなぁ、楽しいなぁ
俺はやっぱり月明かりよりも
ネオンの明かりが好きみたい
神様、次回もぜひ
人間でオネガイシマス♪

ＦＩＲＥ

職場の隅っこで若い女性が泣いていた
おそらく、教育係の男性に叱責されたのだろう
彼女は仕事に生きるタイプではない、よくサボって、問題のある行動も多い
でも、根は優しくて、海と旅行が好きな可愛い娘で以前は俺が教育係だった
「早期リタイアのＦＩＲＥってどういう意味ですか？」と唐突に聞いてきたり
彼女が受けたクレームの電話にもかかわらず、代わった途端に我関せずと
どこかへ行ってしまうような奔放な娘だ、教育係は大変だろうな
とはいえ、元教育係としては、素通りするのも薄情だろうと
「どうした？　大丈夫か？　気晴らししたけりゃ、今晩呑みにでもいくか」
と軽い気持ちで声をかけた
彼女は、しばらく黙っていたが、瞼が少し腫れた顔で振り返り
「二人でサシ呑みならいいですよ」と笑顔で答えた
一か月後、俺達は付き合っていた
俺のようなおじさんと、どうして彼女は付き合ってくれているのだろう
などと思うこともあったが、二人で過ごす時間は思いのほか楽しかった

ある日彼女から、あるホテルのＨＰのＵＲＬが送られてきた
それは、ラスベガスのホテルのＨＰで、そのホテルに宿泊すると
宿泊した部屋の鍵が貰えるというサービスを売りにしているようだった
彼女はそこに行ってみたいらしいが、なにせ俺は極度の飛行機恐怖症で
行けないと答えたが、彼女は思い立ったらなんとやらのアクティブな女性
翌週には「お土産買って帰るからね」と単身でラスベガスに旅立った
ところが、帰国予定の日を過ぎても彼女から連絡がない
待てど暮らせど、仕事にも出て来ないし、連絡もつかない
実のところ、彼女の住所も知らないし、なによりまだ彼女を抱いてもいない
たまらず人事に問い合わせると、既に彼女から辞表が送られてきているとのこと
彼女にとって、俺はなんだったんだろうと、モヤモヤした気分で日々を送っていた
そして、数か月後、会社に俺宛の差出人のない封書が届いた
その封書の中には一本の鍵と一枚の写真が入っていた
写真には「ＦＩＲＥ」と書かれたクルーザーに乗った彼女が写っている
そして、同封されていた鍵を手に取り見つめていると、スロットマシンから
大量のコインが吐き出され、歓喜している彼女の様子が目に浮かんだ
俺は飛行機恐怖症の自分を殺してやりたくなったが、臆病な俺はきっと
明日も無難な道を選び生きていることだろう

ヒューマン ビーイング

高校生のときの俺は、本当にどうしようもない奴だった
「人の生き方をバカにしてはいけない」
オフクロがいつも俺に言い聞かせていた言葉
己の非を認めず、すべてを周囲のせいにして
強情で、いつもふてくされていた
俺の将来を心配しての言葉だったのだろう
大人になって悩んでいたとき
知り合いの女性に電話した
「久しぶり、元気?」
「元気よ。あんたはどうなんよ?」
「俺はボロボロよー、人生がおもしろくない」
「みんな何かしら抱えとるもんよね」
「俺は、かまってちゃんじゃけん、慰めてもらいたいわ」
「なに言うとんね。あたしはあんたのママじゃない」
みんな何かを抱えて生きている

俺のちっぽけな悩みなんて
取るに足らないものかもしれない
毎日、歯をくいしばり
死ぬ気で生きている人もいる
俺ももうかなり長いこと
人生を歩いてきたが
歩けども、歩けども、正解が見えず
道を間違えたのかと思いながらも歩き続けた
一方通行で引き返すことの出来ない
道しるべのない、分岐点だらけのこの道で
果たして、選択を誤ってはいなかったのか
それは俺にも、誰にもわからない
俺は人間失格であったのか
それとも合格であったのか
一体、誰が決めるのか
だが、たとえ失格だと言われようと
俺が人間であることに変わりはない

因果応報

ある日、突然現れたアイツらは、俺達の体の十倍以上の大きさだった
アイツらが現れるまでは、この星の食物連鎖の頂点は俺達人間だったはずだ
そう、太古の昔からこの星において俺達人間は常に捕食者であった
そんな俺達が、まさか捕食される側になるなんて思ってもいなかったのだ
俺達は、牛や豚や魚等々の言葉を発しない生き物たちを
当たり前のように食物として扱ってきた
アイツらが俺達を扱うのと同じように
ただの肉塊や食材としてしか捉えていなかった
アイツらは、俺達を捕まえると、大人・子供・男・女に分別し
硬い男はブツ切りにしてグツグツ煮込まれ、ムシャムシャムシャ
軟らかい女は縦切りにされ、皮を剥がれ生身のままスライスすると
潰した脳みそに浸けてモグモグモグ
骨の未熟な子供達は、そのまま素揚げにされポリポリポリ
俺の父と娘は、そうしてアイツらに食われてしまった
怒りと悲しみでどうにかなってしまいそうだったが

アイツらから逃げまわる生活のなか
以前、テレビ番組でやっていた調理シーンを思い出した
エビやカニを生きたままミキサーにかけ粉々にしてザルで濾し
エキスだけを取り出し、出汁にして旨い旨いと食べていたシーンを
俺達が食材としていた牛や豚や鳥たちからすれば、俺達は
今の俺達から見たアイツらと同じだったのだ
俺達はこの星で、一体何様のつもりだったのだろうか
命をいただくことで生かしてもらっていることや
命をいただくことに感謝する心を忘れていた俺達が
神罰を受け、滅ぶのも仕方ないことなのかもしれないなと諦めたとき
ハッ、と目が覚めた、夢だったたか、良かった……

今日は、ご近所さんと一緒に庭でバーベキュー、食べて呑んでバカ騒ぎ
調子に乗って焼きすぎた肉や魚、かなりの量が残ったが、もう誰も食わないし
仕方がないと残った肉と魚をゴミバケツに放り込んだ瞬間
家より大きなダチョウが、どこからともなく現れると
俺の頭をブツリと食い千切り、どこへともなく走り去ったのであった

おつまみ

カウンターで呑んでいると
いろんな声が聞こえてくる
左側からはこんな声が
最近はさ、親が学校の先生に
子供に親友を見つけてやってくれと
頼む時代なんだそうだよ
オレもはやく結婚して子供をつくり
子供の学校の美人の先生に
オレのオアシスを見つけてくれるよう頼んでみるか
美人の先生がオレの人生のオアシスでもいいな
いや、それは、ちょっと問題だ
子供のママが問題だ
オレのアタマも問題だ
裁判費用と慰謝料も問題だ
オレのママにも怒られる

何をしようがオレの人生

斜め右からは、こんな声が聞こえる
いくら願って努力しても
世の中には叶わぬことがある
諦めて、別の何かを求めては？
ワタシは、別の何かなどいらないわ
叶わぬ願いだとしてもそれが欲しいのよ
ちょっと、ちょっと、お待ちなさい
叶わぬ願いを願うほど
空しいものはないのでは
不幸があなたの望みなの
何を望もうがワタシの人生

今宵は、オレ味・ワタシ味
ごちゃまぜにしてちびちびと
他人の人生を肴に
酒を呑むのが俺の人生

ホモ・エレクトス・ペキネンシス

夜の街をふらふらと歩いていた俺は
九十分飲み放題五千円の看板に
吸い込まれるように店に入った
席に座ると三人の可愛らしい娘達がやってきた
小一時間ほど他愛もない話をし、いい感じに酔ってきた頃
「ねぇ、ねぇ、オニイサンってさー」
俺の左隣に座っていた娘が俺に話しかけてくる
「歴史の教科書に載ってるよね？　誰だったかなぁ」
何が言いたいんだ、この女？
「あっ、思い出した！　北京原人よ！」
Ｗｈａｔ？　北京原人？
北京原人……
Ｗｈｙ？
あぁそうさ、バレちまったらしょうがねぇ
俺はスーパー北京原人

なんなら空でも飛んだろか
ガッハッハッハッハー
な～んて、言うとでも思ったか
確かに俺のビジュアルは、野性的かもしれないが
仮にも俺はお客様、商売する気ありますか？
「チェックしてくれ、そろそろ帰る」
「八万七千円になります」
「ふざけんな、看板と違うじゃねえか」
一万円を投げつけて、店を出ようとした瞬間
「マスター、すいませ～ん！」
さっきの女が誰かを呼んだ
すると店の奥から、待ってましたと言わんばかりに
いかにもヤバそうなコワモテがヌーッと顔を出す
ちょっと待ってよ、お姉さん、北京原人はコイツだろ！

仕方ない、こうなったら奥の手だ
「すいません、クレカって使えますか？」

気象予報士

カランコロンと日曜日
久しぶりに下駄履いて
夕暮れの河川敷を散歩中
子供の頃を思い出す
履いている下駄を蹴り上げて
天気を占う、そんな遊び
最近の若い人は知らないか
俺がガキの頃はみんなでよくやったもんだ
下駄でなくとも靴でもやった
表になったら晴れ
裏になったら雨
横になったら曇り
なんの根拠もないのだが
遊びの時間の終わり際
儀式のようにみんなで足を振り上げて

明日の天気を占った
明日もみんなと遊べることを祈りつつ
思い切り蹴り上げすぎて
水路に落として流されて
裸足で家に帰って
怒られたこともあったなぁ
懐かしく思い出す

ゆっくり周りを見渡すと
俺以外に誰もいない
ちょうど下駄を履いている
久しぶりにやってみるか
軽く助走をつけようと
走り出したその瞬間
足がもつれてつまずいて
転んだ拍子に脱げた下駄
俺のアタマにストライク
明日はトコロにより下駄が降るでしょう

クイーン

十七歳の頃、あの娘の決め台詞は
「黙って私についてきな！」
あの頃、あの娘について行くと
いつもとんでもないことになっていた
あの娘みたいな鉄砲玉に
付き合っていたこの俺は
かなりのお人好しと呼ばれていた
伝えてはいなかったけど、惚れていたんだあの娘にね
あの頃はターゲットを見つけるたびに
ただがむしゃらに、後先なんて考えず
闇雲に全力で挑んでいたのさ
本当にやりたいことを見つけられず
とにかく、日々をがむしゃらに過ごしていた
本当に、俺もあの娘も若かった
隣町に乗り込んで、ターゲットを撃破した日は

恥ずかしがるあの娘を無理やりに、お姫様抱っこしたもんさ
俺が夢中になっていたあの頃の彼女は
スレンダーだけど、凹凸の美しいボディーで
誰もが振り返るほど可愛いくて
「クイーン」と呼ばれていたんだ
竹を割ったような性格で、はっきりとモノを言い
自信に溢れる表情で決め台詞はいつも
「黙って私についてきな！」
そんな俺達も高校卒業後は離れ離れ
高校卒業十年目に開催された同窓会で
久しぶりにあの娘に会った
キミハダレ?
話をしているときも、ムシャムシャ、モグモグ
何を喋っているのか、わからないよ
大きなおなかに、見えない首、まるで雪だるま
もしかして、ずっと続けていたというのか
あの頃の俺達のターゲットは「無料大食いチャレンジ」
今はもう、抱き上げることが出来ないあの娘

バスと少女とわらび餅

俺が小学校に入って最初の夏休み
小児喘息の発作が酷くなり、三日間ではあるが入院した
点滴で病状は安定し、病室のベッドで時間を余し
窓の外で降る雨をぼーっと眺めていると
コンコンとノックの音がして、姉が入ってきた
黄色い傘を右手に、小さい包みを左手に持っていた
「お見舞いに来たよ」と姉は笑った
正直、俺は驚いた
姉といっても、一歳違いである
病院は家からかなり遠い
「どうやって来たの？」
「バスで来た、はいこれ！」
姉は左手に持っていた小さい包みを俺に渡した
「何、これ？」
「わらび餅、ちょっと崩れたかなぁ」

「調子は良くなった？」
「うん、だいぶ良くなったよ」
その時俺はまだ、一人でバスに乗ったことがなかった
それなのに、一歳しか違わない姉は軽く言ったのだ
バスを乗り継ぎ、雨の中をここまで来たと
俺には姉の行動がとても凄いことに思われた
俺のためにわざわざ来てくれたことが嬉しかった
崩れたわらび餅は二人で仲良く食べた
後でオフクロに聞いた話だが
急に俺の見舞いに行くと言い
自分の貯金箱からお金を取り出し
わらび餅を買って、バスに乗って病院に来てくれたのだ
あの時の姉の優しい笑顔は
夏の日の向日葵のようだった

そういえばしばらく、姉に会ってない
週末にでも会いにいってみようか
わらび餅買って、バスに乗って

夢想家エレジー

仕事終わりに街を歩いていると
車道を走る車から俺を呼ぶ声がした
車には女性が乗っていた
その女性とは三年以上会っていなかった
電話番号もメールアドレスも変わって
連絡も取っていなかったが
満面の笑みで「お仕事ご苦労様！」
「おぅ！」と返答するが車は移動してゆく
今度また、いつ会えるかもわからないそんな仲
「またね！」と彼女は走り去る
俺は車を見送った
あの時抱けなかったあのひと
なぜか胸がドキドキする
あのひとも俺のコレクション

見知らぬ綺麗な女性が俺を見て
ニッコリ微笑んで
自転車で通り過ぎた
とてもいい香りがした
ただそれだけのことだった
しかし、俺はなぜか
さっきの女性のことが頭から離れない
どうやら一目惚れしたようだ
あの女性も俺のコレクション

俺はいつも心のままに
好きになったあの彼女、あのひと、沢山のあの女性達
全員まとめてコレクションにして
自分の好きに支配する
そんなハーレムの王が俺の夢なのさ
え？　なんだって？
キモチワルイ？
ウルセーな、夢をみるのは自由だろ

アオハルレッド

真面目に聞いてくれよ、俺の彼女の酷い言い訳のことなんだけどさ
「その時は、そう思ったんだから仕方ないじゃない」って言ったんだ
そうか、なら仕方ないね、なんて普通はそうはならないだろ？
あまりにも開き直ったこの台詞はズルすぎると思わねぇか？
もし俺が同じ台詞で言い訳したら、彼女は激昂するに決まってる
仕方ないで済むんなら、警察はいらねぇだろ？
俺が同じことして彼女が仕方ないで済ませてくれると思うか？
もしも俺がどこかの誰かと浮気したのが彼女にバレたとして
「その時は、そう思ったんだから仕方ないじゃないか」
「じゃあ、仕方ないわねぇｗｗ」なんて笑って許してくれるわけがないし
逆に、それで済むんだとしたら、それはそれで、もう俺のことなんて
どうでもいいと思っているってことになるよな？
だから俺は許せないんだ、あの日彼女が俺に向けて
「その時は、そう思ったんだから仕方ないじゃない」
と言って開き直ったことがさ、なぁ、わかるよな？

俺がそれで許す程度にしか彼女のことを想っていないと
彼女に思われていたことが許せないんだよ、なぁ、わかるよな？
だから俺は、もしもまた彼女が同じ言葉を口にしたら
俺は彼女にレッドカードを突きつけるつもりなんだ……
「あのさー、でも結局お前は彼女のことを許したんだろ？」
俺達は大学二年生、こいつとは高校からの腐れ縁だが
アイスコーヒー一杯で愚痴を聞かされるのにも飽き飽きしてきた
「ま、まあそうなんだけどな、ちょっと愚痴聞いてもらいたかったんだよ」
「まっ、なるようにしかならねぇんじゃないのかねぇ、ごっそーさん！」
そう言って店を出ると同時にポケットの中で携帯がブルブルッと震えた
禁煙の店でずっと我慢していた俺は、足早に移動しながら携帯を見る
『アイツ、私とアンタのこと気が付いてた？』
コイツも大概だが、やっぱ俺もレッドカード確定だな……
辿り着いたコンビニ前に置かれた灰皿の横に座り込んだ俺は
ラス1の煙草に火を着け、鉛色の空に向かって溜息交じりに紫煙を吐きながら
これもいつかはアオハルの苦い思い出とやらになるんだろうなぁ、などと考える
しかし、アオハルにレッドカードかぁ
まるで他人事のように、俺は独りで笑ってしまった

青き揺らぎ

人はそれぞれ生まれた時から違っている
そんなことは当たり前のことだが
若い頃にはそれに
気付いたり、気付かなかったり
受け入れたり、受け入れられなかったり
自分がとてもちっぽけに感じたり
自分に価値があるのだろうかと悩んだり
かと思えば
自分だけが凄いと感じたり
自分だけは特別だと思ったり
いろんな感情が渦巻いて
他人の話を聞かないで自分のことばかり主張したり
そしてまた急に意気消沈して
周りの人々が凄い奴に見えたり
あの頃の俺はそんな感じだった

若さゆえ、認めたくない自分と
認めざるを得ない自分が喧嘩して
他人をバカにしたり、自分をバカにしたり
精神が安定してない青い時代
俺は、サッカー部のフィールドをたくましく駆ける
ある男子生徒に度々目を奪われていた
生き生きと周りを鼓舞するように声を上げる彼
俺は断じて男色家ではないが
彼には周りの人々を惹きつける華があった
自分にないものを持っている彼が眩しかった
そんな彼のようになりたいと考えていた

幼くて青臭く揺らめいていたあの頃の俺には
姉にも、母にも、父にも
そして俺にも、いや誰にでも
それぞれ誰にでも
その人だけの華があるんだということに
気付けるはずもなかった

サラブレッド

俺のオヤジは毎日酒を呑む、一年間365日ほぼ休むことはない
人間ドックの前の日だろうが、インフルエンザだろうが、葬儀の日だろうが
何があろうが、夜になると必ず酒を呑むのである
たまに夜に仕事がある日は流石に呑まないが、朝帰宅して風呂に入ると
朝飯を食いながら酒を呑んで、昼まで寝て夕方になるとまた酒を呑む
オフクロもほぼ毎日酒を呑む人だが、オヤジほどではなくて
呑みすぎた次の日や体調が悪い日には呑まないこともある
だが、俺は物心ついたときから夜にオヤジが呑んでいない姿を見た記憶がない
オヤジ曰く、三十五歳以降どれだけ呑んでも二日酔いになったことはないそうだ
オヤジのオヤジ、つまり俺の爺ちゃんも毎日酒を呑むらしい
一緒に住んでいないので「らしい」と言ったが、婆ちゃんがそう言っていた
実際、オヤジの実家に行ったときには爺ちゃんもいつも酒を呑んでいる
オヤジの爺ちゃん、つまり俺のひい爺ちゃんも毎日酒を呑んでいたらしい
ひい爺ちゃんは、俺が物心つく前に亡くなったので殆ど記憶にはないが
婆ちゃんに聞いた話では、婆ちゃんと爺ちゃんが新婚の頃に住んでいた家に

ひい爺ちゃんを招待した時、婆ちゃんがひい爺ちゃんに酒を出さなかったら「息子の嫁は俺に酒を出さなかった」と不満を漏らしていたと二世代同居を始めた時に、ひい婆ちゃんから婆ちゃんが言われたそうだ
一体、どれだけ酒好きな家系なんだよ……
俺の血液の何割かは、酒でできているのではなかろうかと心配になってくる
オヤジは毎日酒を呑むが、酒に呑まれて暴れるようなことはない
ただ、夜中に話したことを殆ど覚えていないところが、ちと困るところではある
小遣いをくれたことを忘れ、二度くれたりする時は嬉しいが
何度も同じことを訊かれたり、同じ話を度々されるのは少々うざったい
今もオヤジは俺の目の前でいつものようにハイボールを上機嫌で呑んでいる
目の前でパソコンに向かう俺が、こんなことを書いているとも知らずに
「勉強か？　お前に今やれることを頑張れよ」と呑気に笑っている
なんだか笑えてくるが、俺達はこのオヤジのおかげで生活が出来ている
「俺も一杯貰ってええかね？」水屋からタンブラーを取り出しオヤジに言うと
「お？　勉強は終わったんか？　お前に酒の味がわかるんかぁ？」と言って
アイス・ペールの氷をタンブラーいっぱいに詰め込み、ハイボールを作ってくれた
俺がゴクリと一口呑んで「ウイスキーって甘味があるんやねぇ」と言うと
「血は争えんなぁ」とオヤジはとても嬉しそうに笑った

ともに生きる

君は若い頃から落ち着いていた
若いのに大人すぎるというわけもなく
無邪気に笑い人に優しくて
決して人に意地悪したり
人を貶めたりしない
良識があるというのだろうか
当たり前のことではあるが
人としてとても大切なこと

もしも、宇宙空間を泳げるなら
俺は泳いでみたかった
君と二人でひたすら泳ぎ
アンドロメダ星雲やＭ７８星雲へ
三日月に二人で腰掛け一休み
なんだか夢があるじゃないか

俺で良かったら背負いたい
君の悲しみも苦しみも
君の夢も喜びも、君のなにもかもを
君の生きるすべてを背負いたい
そう、ずっとずっと背負っていたかった

時にあきらめている俺
時に笑っている俺
時に浮かれて調子に乗っている俺
そんな俺のすべてひっくるめて
君は俺を愛してくれてたのかい

贈ろう、愛する君へ
月桂樹の冠を
人生をともに駆けたランナーとして
心から感謝を込めて

トラブルメーカー

この世にトラブルメーカーなんて人はいない
ある男は自分がトラブルメーカーだと思っていた
常に何かにぶつかって、壊れて、崩れてゆく
自分だけが苦難の道を歩んでいると思っていた
だけど、それは違う
他の人はそれに負けずに苦しくても
歯をくいしばって、逃げずに努力して生きているのだ
男はようやくそのことに気付いた
男はいまだに弱弱しいが、彼の今のポリシーは
逃げずに負けずに生きて行くことである
男は声高々にこう言った
「俺はトラブルメーカーなんかじゃない！」
男の心を洗濯機で洗ってみたら
ドロドロの憎しみや、やっかみが洗い流され
今日からは心機一転

ピッカピッカの一年生になって生きて行ける
これまで選んだ数々のチョイスは間違いだらけだった
だが、男はようやく正しい方向に導かれていった
何事も「はじめなきゃ」いけないってことさ
この世にトラブルメーカーなんて人はいない

とまあ、こんな詩を書くこの男だが
正真正銘、生まれながらのトラブルメーカーである
子供の頃には父親の運転する自転車の車輪に
故意に足を突っ込んで大ごとになったこともあるそうだ
とにかく何をやらせても厄介事を増やし
簡単な仕事を任せても頭を傾げるほどに失敗する
もう半世紀以上も生きているというのに
取引先へのメールもまともに書けやしない
新人が「あの人大丈夫なんですか?」と心配する始末である
この男がトラブルメーカーでないと言うならば
確かにこの世には
トラブルメーカーなんて人はいないだろうよ

戦友

俺はデパートの北海道物産展にやってきた
ところが、昨夜の激辛ラーメンが悪かったのか
突然の腹痛に襲われ、急いでトイレへ向かった
洋式は使用中、仕方なく和式の方へ駆け込んだ
取り敢えず最悪の惨事は免れたが
一息ついて、個室内を見回したとき、血の気が引いた
無い、無い、無い……
トイレットペーパーが無い！
俺は頭脳をフル回転させ、打開策を探す
洋式にいる先客の壁に向けてコンコンとノック
「すいません、紙ありますか」と低く小さな声で聞いた
コンコンコン、「こちらも無いんです……」
小さく返事が返ってきた
万事休すか……
その瞬間、俺は学生時代に先輩から聞いた話を思い出した

「いざとなれば、芯だって使えるさ」
俺はトイレットペーパーの芯を丁寧に開き
グニグニ、グニグニと入念に揉んでから
毛羽立った表面の微細なホコリを
フーッと吹き飛ばし
残された紙資源である、この芯にすべてを賭けるしかない
と腹を決めたその時
「このトイレは自動洗浄ではありません」
と書かれた張り紙が目に入った、なんという僥倖
和式に自動洗浄なんてあるのかよと突っ込むことも忘れ
俺は揉みしだいた芯とその張り紙を駆使して事なきを得た
ジャーッ・ジャーッ　ガチャッ・ガチャッ
隣の彼とシンクロする音
洋式の戦友も無事に難局を乗り切ったようであった
言葉を交わさずともわかる
俺達は無言のまま手を洗い
名も知らぬ戦友同士、軽く目を合わせ頷くと
一目散にデパートから撤退した

可愛いものは怖い

ハクション！
とくしゃみをしたら
「大魔王～♪」
したり顔のオフクロが現れた
うーむ、相変わらずやね

「寒くなってきたね」

オフクロに言ったら
「そろそろ衣替えかねぇ」

「は？　もう十一月じゃけど……」

「あっ……私もたまには間違えるさ」

ふーん、たまにはねぇ

家に帰ってうがいをしようと
洗面所に行くと水がいっぱいに張られていた

「これじゃ、うがいできないよ」
俺は呟きながら洗面所の栓を抜いた
でも、この水は俺の洗い物のためのもの
俺はオフクロに感謝してうがいをした

電気をつけると
ガラス戸の外にピタッと
張り付く白いヤモリが見える
オフクロが
「可愛い、可愛い、撫でてやりたい」
と言うので
「じゃあ、ガラス戸を開けて撫でてやったら？」
とからかって言ったら
「そんな怖いことできるわけないじゃない」
オフクロは真顔で言った

オフクロの言う可愛いものとは
どうやら怖いものらしい

イケメンのお弁当屋さん

俺が若かりし日のこと、新車を購入したばかりの俺は
その当時付き合っていた娘とドライブに出かけた
彼女が運転したいというので、不安ながらも彼女にハンドルを預けた
一日中、思いつくままにドライブを楽しんだ
夕暮れ時、俺達は目についたイタリアンの店で夕食をとることにした
彼女が、流石に疲れたので帰りは俺に運転してくれと言った
そりゃそうだよなと思ったが、彼女の危なっかしい運転に
正直俺も疲れていたので、俺から言い出そうと考えていたところだった
俺達がディナーを終え、店を出ると雨が降っていた
帰り道、俺が運転し始めて少し走ると、ハンドルに違和感を感じた
おかしいな、妙にハンドルがブレる
俺は、目についた弁当屋の駐車場に車を止め、車から降りた
タイヤの様子を確認すると、左前のタイヤがパンクしている
まいったな、俺はタイヤ交換のやり方を覚えていない
彼女は俺の様子を見て、イライラした態度で煙草を吸い始める

保険会社のロードサービスに電話しても全然繋がらない
雨の上がった駐車場で途方に暮れていると
弁当屋からイケメンのお兄さんが、どうしましたかと出てきた
俺は引け目を感じながら事情を話すと、そのイケメンは俺の車のトランクを開け
慣れた手つきでスペヤタイヤとジャッキを取り出し
あっという間にスペアタイヤに交換してくれた
そして「ま、困ったときはお互い様ってことで！」と店に戻った
なんて恰好良いんだろうと、男の俺も思ってしまった
俺達は晩飯を食ったばかりだったが、その弁当屋で一番高い
千七百円のステーキ弁当を二つ買って帰路についた
「さっきのお兄さん、イケメンだし、頼りになる感が半端なかったなぁ」
彼女は、わざと俺に聞こえるように言った
俺は何も言い返せず、なんとも惨めな気分だった
その後、ほどなくして彼女とは別れた
二年後、あの弁当屋の前を車で通ったが、残念ながら違う店になっていた
あの時のお兄さんは今、なにをしているんだろう
俺は過ぎ去りざまに心の中で報告した
「俺もタイヤ交換出来るようになりましたよ」

真夜中の天使達

今日も夜の繁華街は
喧騒の酔いどれブルースで
ワイワイガヤガヤ
ハイボールバーの外で大声で呑んでいる人々
その傍らに寝そべるホームレス
酔っぱらった浴衣姿の若い娘が
そのホームレスに抱き着き一緒に寝転がる
少し歩けば、いたるところで
着飾った天使達が誰彼構わず声をかける
いたるところで
怪しげな呼び込みが声をかける
いたるところで
酔っ払いが地面に転がる
いたるところで愚か者の残した醜い跡
これがいつものこの街の夜の姿

みんな本当に楽しいのかい
それとも、本当は悲しいのかい
俺は独り
人々の流れに身を任せ
真夜中の街をあてもなくさすらう
雑居ビルの陰から
ふいに天使が現れて
俺に優しく声をかける
君は俺を地獄に連れてゆくのかい？
俺は天使と腕を組み歩いてゆく
幻のような快楽のあと
明け方前の街をさまよい歩くが
さっきまで誰彼構わず声をかけていた天使達は
俺達を路傍の石のように
無視して去って行く
この街のネオンが消える頃
天使達も煙のように消えていく
この街では、夜にだけ天使が舞い降りる

彼の流儀

歌人や皇族の方々は
瞬時に心を歌にして詠む、凄いことだ

それと同じように、彼は瞬時に三味線をひくらしい

そんな彼と彼女のエピソード

君の心に俺はどう映りますか
俺の心に映る君は
狂おしいほど愛おしい
この先、俺達はどうなりますか

嬉しいお知らせですと
君に言われたいのです
悲しいお知らせですと

君に言われたくないのです
嬉しいお知らせ、それは
君に愛していると言われたい

嬉しいお知らせの後、彼と彼女は
互いのグラスを持ち上げて
二つのグラスをカチンと合わせ
愛の乾杯
そして、二人はひとつになる

悲しいお知らせの後、彼は
独りグラスを傾け飲み干すと
ガシャンッとグラスを投げ捨てる

果たして彼は三味線をひいたのか、それとも本心だったのか
それは彼にしかわからない

言い訳

俺が子供の頃、周りの大人達はどこでも煙草を吸っていた
電車の中でも、バスの中でも、飛行機の中でも、学校の教室でも
だが、うちの親父は煙草を吸わず「百害あって一利なし」と常々言っていた
俺が初めて煙草を吸ったのは小学三年生のときだった
近所の年上のお兄さん達が親の煙草をくすねてきたのを隠れてみんなで吸った
その時は、一口吸ってむせただけで喉の奥が痛くなってすぐに消した
なんで大人はこんなものを吸うのだろうと不思議だった
時は流れ、中学を卒業した俺は、全寮制の高専に入学した
そこには全国からいろんなヤツが集まり、煙草を吸うヤツも当然のようにいた
若気の至りというのだろう、俺もヤツらに交じって煙草を覚えた
十八歳の夏休み、地元の友達と河原でバーベキューをして酒を呑んでいると
煙草をくわえているところをたまたま通りかかった親父に見つかり
「煙草は吸うなと言うたやろがっ！」と後ろからいきなり殴られた
飲酒には寛容な親父だったが、喫煙は許せなかったようだ
煙草とは不思議なもので、寮で初めてまるまる一本吸ったときには

頭がクラクラして吐き気がして、もう二度と吸うもんかと思ったはずだったが
あれから三十年以上経った今でも俺は煙草を吸っている
大人になり、就職、結婚して子供も生まれ、マンションを購入した
家族に気遣い、ベランダで煙草を吸って数週間後のある日のこと
マンションの掲示板に「ベランダでの喫煙はご遠慮下さい」との張り紙
換気扇の下で吸っても結局は屋外に排気されるんだがなぁ
などと考えながら、キッチンの換気扇の下で食後の一服
三年前に電子タバコにしてみたが、結局、物足りなくて紙巻煙草に戻ってしまった
嫁さんが換気扇の下のコンロ周りに落ちた煙草の灰を掃除しながら俺に言う
「煙草も値上がりしてるし、体にも悪いんだからやめればいいじゃない」
確かに体によくないのは俺だってわかっている、よし！　家族のために禁煙しよう
決意した俺は「いまある煙草がなくなったら禁煙する！」と嫁に宣言した
次の日の夜、些細な事で嫁と口論になった俺は頭を冷やすため
「ちょっとコンビニ行ってくるわ」と告げ、足早に家を出た
近くのコンビニで煙草を買い、店外の灰皿の横でいそいそと火を着ける
月夜に向かって大きく「フーッ」と煙を吐くと、少し気持ちが落ち着いた
「我慢してたから旨いなぁ」
勿体ないし、禁煙は今買ったヤツが無くなってからでいいだろう

遊夢

俺は毎日のように変な夢を見るせいか、夢か現実かわからなくなることがある
太陽がギラギラ照りつける熱い夏の日に分厚いコートを着た女子高生が歩いていたり
母親がアイスキャンデーを子供のようにペロペロと舐めながら恥ずかし気もなく子供と手をつないで歩いているような変な夢ばかり見るのだ
夢の中で家に帰る道がわからず夕暮れの道をとぼとぼと歩いていると、綺麗な女性が俺に「おはよう」と挨拶してきたかと思うといつの間にか朝になっていた
俺は知らない家の布団にいて、さっきの女性が「おやすみ」と俺に言ってきた
どうやらここは彼女の家のようだ
そして、なぜか俺はそのまま彼女といっしょに朝ご飯を食べる
料理はとても美味しかったが、彼女は食べ終わると「いただきます」と言った
会話のすべてがあべこべで記憶もつながっていない、なんとも曖昧な世界だ
いつにも増して変な夢だが、彼女はとても美しく魅力的だった
俺が彼女の家を出て行こうとすると彼女は必死に引き留めてきた
そして彼女はいきなり俺にキスすると激しく俺を求めてきた
彼女いない歴が年齢と同じ俺は彼女に夢中になり、一日中お互いを求めあった

俺は、この素敵な彼女と毎日愛し合いたい、彼女と結婚したいと思った
俺の人生で今が一番幸せだと感じ、夢なら覚めないで欲しいと願った
夕暮れ時、彼女が俺に夕食の食材を買ってきて欲しいと言った
また彼女の美味しい手料理が食べられるし、まだ一緒にいられるということだ
俺は嬉しくなって、そそくさと靴を履き急いで外に出た
さっさと買い物を済ませて帰ろう、そしてまた彼女と、ムフフ……
いつの間にか、俺はこの曖昧な世界で一生を送りたいと願っていた
買い物に向かう俺は、子供のようにスキップして横断歩道を軽快に渡る
『キッ、キキーーッ！　ドンッ！』

「何かあったのですか？」
「若い男性が信号無視して飛び出して車にはねられたらしい」
警察官が、車の運転手に事情を訊く
「歩行者信号が赤なのに突然飛び出してきて避けられませんでした」
ドライブレコーダーの映像にも俺が飛び出した様子がはっきりと記録されていた
これは夢ではなく現実だったのか？
いや、そんなことはどうでもいい、俺は今すぐ彼女のもとへ帰りたい

Who am I?

俺はある日、衝動的に家を飛び出した
気が付くと、病院のベッドに寝かされていた
病室には美しい女性と医師らしき人物がいた
どうやら俺は、道路で倒れているところを
通りすがりの彼女に助けられ、病院に運ばれてきたようだ
俺は自分がどこの誰かも、自分の名前すらもわからなくなっていた
さらに悪いことに、何日経っても俺の身元はわからなかった
俺を助けてくれた彼女は、退院して行くあてのない俺を
身元がわかるまでいつまでも彼女の家に住まわせてくれるという
彼女は大手の商社に勤務しているらしく
一人暮らしながらも4LDKのマンションで気ままな生活をしているが
俺みたいな正体不明のヤツを住まわせて平気なのだろうか？
彼女の家に住まわせてもらうようになった日から
美しく優しい彼女への想いが抑えられなくなった俺は
彼女が風呂に入っているとき、思い切って風呂場へと飛び込んだ

彼女は少し驚いたような顔をしたが、俺を受け入れてくれた
俺にキスをすると、俺の全身を優しく、優しくいたわるように洗ってくれた
レディが入浴中の風呂へ飛び込んでしまった己を恥じながらも俺は思った
彼女は誰にでもこんなことをするのだろうか
彼女を独占したいという欲求が溢れる
抑えられないこの気持ち、彼女は俺のことをどう思っているのだろう
その日の夜、彼女は俺をベッドに招き入れ、俺を抱きしめて
「んー、いい匂い、ずっとここにいていいんだよ、レオ」と囁き眠りについた
記憶喪失で名無しの俺に、彼女がくれた名は「レオ」。3獅子の意味を持つ強い名だ
どんな危険が訪れようとも、彼女のことは俺が命懸けで守ると決心した夜だった
彼女の家に住まわせてもらうようになり一か月が経った日の夕方
いつものように彼女の帰りを待っていると、野生の勘とでもいうのだろうか
絶望的な危険を察知し、命に代えてでも彼女を守る覚悟を決めたとき
帰宅した彼女が玄関を開け大きな声で
「レオ～　ただいま～今日からオトモダチが増えるよ～！」と言いながら
尻尾を短く切られた、それは大きなドーベルマンを引き連れ入ってきた
ちっちゃな、ちっちゃな、トイプードルであることを思い出した俺は
ベッドの下に隠れたまま、ブルブルと震えることしか出来なかった

ダブルライダー

仮面ライダーの素顔はわかる
テレビでは変身前の素顔から始まるから
だけど街中に溢れる偽仮面ライダー達
その素顔はわからない
誰もが本音を語らぬストレンジャー

彼はいつも本気か冗談かわからない話をする
でも、彼という人間は信じられる
なぜなら彼は仮面ライダーだから
彼はときどきクスッと笑いながら
「いやらしいねぇ」と俺に言う
最初は変な感じがした
俺の生き方が「いやらしい」と言うのか
永く付き合ってわかったが
それは彼の悪意のない口癖だった

彼には、これといった切り札がないと言う
切り札はないがアタマはキレる
それが切り札なんじゃないのかよ
「いやらしいねぇ」

仮面ライダーの目の下の模様は
何を意味しているか知っているか
彼が俺に訊いてきた
「改造人間にされた悲哀だろ」
俺がすぐさま答えると
彼はニヤッと笑いながら
「いやらしいねぇ」
そう言うと思ったよ
君は、もうひとりの俺なのだから

そろそろ俺達の必殺技
ダブルライダーキックをかます時

あとがき

本作品には協力者がいます。この本を出版するにあたり、殆ど原稿は出来ていたのですが、これまでの作品をすべて読んでくれている友人のばっかすにどう思うかを見てもらいました。印刷した原稿を渡して数日後、ばっかすは私に訊いてきました。

「読んだけど、感想を聞かせて欲しいってこと？」

私は、修正した方がいいと思うところがあれば教えて欲しいと言いました。

するとばっかすはしばらく黙っていましたが、意を決したようにこう言いました。

「正直言って、全然おもしろくなかったよ。今までの本との違いがわからないし、何が言いたいのかわからない内容ばっかり。しかも既出の書籍で使った作品も使ってるでしょ？もしあんたの作品が好きだという人がいて、今回の本を買ってくれたとしよう。読んでみたら既視感アリアリの作品ばかり、それって買ってくれた人に失礼でしょ？　ベスト版を出していいのは売れた人だけ！　あんたは全然売れてないやろ。

加えてあんたは感性が古い、昔から何も変わってないというか、昔より劣化してる気がする。昔は今よりもっと言葉のチョイスに気を遣ってたよ。でも今のあんたは、それっぽい言葉を並べてるだけで伝えたいものも明確に無いんじゃない？　だから何も響いてこない。唐突になんの脈絡もない場面に話が飛ぶから意味がまったくわからない。おまけに日本語が破綻しとる。あんたを知っているから思うことなのかもしれんけど、もう青春を語る歳でもないやろ？　あんたの青春は四十年以上前に終わっとるやん。修正した方がいいところがあれば教えてくれだって？　あるよ！　どこかって？　そりゃ全部だよ！」

私は釘バットと大ハンマーで何百発も滅多打ちにされた気分でしたが、彼が返してきた原稿には、赤いペンでごちゃごちゃと文字が書き込まれていました。

「例えばこの作品ならさ、ここをこう変えてちょっとこんな風に設定を変えれば少し感じが変わると思わん？　まあ、所詮俺は素人だからよくわからんけどね」

ばっかすは笑いながら軽くそう言いましたが、私は驚いてしまいました。

自分にはない感性と表現に何かを感じました。それから私は彼に校正の協力を頼み、ほぼすべての作品を見直すことにしました。

お互い個性の強い者同士ですので幾度もぶつかり合うことがありましたが、なんとかひとつの作品として仕上げることが出来ました。

今作は、私のこれまでの作品とは一味違ったものとなっていると思います。

ぜひ、沢山の方に楽しんで読んでいただけることを願っています。

菊永エイジ

※ばっかす＝Ｂａｃｃｈｕｓ＝酒の神らしいです

著者プロフィール

菊永 エイジ（きくなが えいじ）

北海道に生まれ、広島に育つ。
広島県立広島皆実高等学校卒業後、創作活動（主に詩作）に励む。
広島県在住。

（既刊書）
『ギフテッドライフ』（2011年4月）小説
『ヒロさんに捧げるバラード』（2012年1月）詩集
『愛について』（2013年8月）ショートショート集
『夜中の行進』（2017年6月）詩集 などがある。

また、五月鯉之介というペンネームでも創作活動に励んでいる。
（既刊書）
『ジュリエット志願』（2018年8月）
『檸檬インフィニティ∞』（2020年4月）
『淑女は謎とコーヒーの香り』（2021年6月）
『面影ララバイ』（2022年3月）
『二十一世紀のモナリザ』（2023年3月）

すくらっぷ & びるど

2024年2月15日 初版第1刷発行

著 者 菊永 エイジ＆ばっかす
発行者 瓜谷 綱延
発行所 株式会社文芸社
〒160-0022 東京都新宿区新宿1－10－1
電話 03-5369-3060（代表）
03-5369-2299（販売）

印刷所 神谷印刷株式会社

ISBN978-4-286-24939-1